余光中作品集03

高樓對海

余光中

目錄

喉核……011
——高爾夫情意結之一
麥克風，耳邊風……013
——高爾夫情意結之二
十八洞以外……015
——高爾夫情意結之三
廈門的女兒……017
——謝舒婷
浪子回頭……023
木星衝……028
抱孫女……031
爲孫女祈禱……038

食客之歌……041
勸一位憤怒的朋友……043
深呼吸……045
——政治病毒一患者的悲歌
燦爛在呼喚……052
——寫在夏菁七十歲生日
母難日三題……057
今生今世
矛盾世界
天國地府
登　高……063
——重九日自澳洲返台
悲來日……066
——百年多是幾多時

秋後賴賬……069
夜讀曹操……072
隔一座中央山脈——空投陳黎……075
與永恆對壘（附錄）／陳黎
與海爲鄰……083
高雄港上……088
禱問三祖……092
苗栗明德水庫……095
不朽的旱煙筒……097
弔濟慈故居……101
飛越西岸……104
時裝模特兒……107

雪　山二題
——觀王慶華攝影……111
至尊
圓柏
成都行……114
入蜀
出蜀
別金銓……119
問風……122
達賴喇嘛……124
飛行的向日葵
——致海爾・鮑普彗星……127

水鄉宛然——觀吳冠中畫展……132
只爲了一首歌——長春赴瀋陽途中……135
重九送梅新……137
無　論……141
殘　荷——題楊征攝影……143
祭三峽……145
水　仙……149
高樓對海……151
聽高德彈貝多芬——Glenn Gould: The Emperor Concerto……154
七十自喻……156

老來多夢……158
蒼茫時刻……163
一張椅子……165
共　燈……169
風　聲……173
月色有異……176
銀　咒……178
我的繆思……180
仙　枕……182
春雨綿綿……185
給星光一點機會……187
雕花水晶……189
絕　色……191

因你一笑……194
聖彼得堡……196
——俄國行之一
俄羅斯木偶……199
——俄國行之二
金色噴泉……202
——詠香檳
後記……204
海闊，風緊，樓高（特載）／唐捐……211

喉核

——高爾夫情意結之一

猝然
越過一公頃又一公頃的私家草地
越過被變更被竊占的國土
越過濫挖濫墾濫建的荒原
越過汙染而無魚的河溪
越過窒息而無鳥的大氣
越過焦臭的屍體屍體屍體
赫然六十四具，越過

犯法又犯規的火燒島，越過
這貪婪之島特權之鄉一只小白球
從今天昨天明天天天一樣荒謬的頭條
正當我張口要驚呼
竟以那樣準確的無禮
不偏不倚，命中了我的咽喉
而且哽在這裡，連憤怒帶鬱卒
變成一球再也進不了洞的
——他媽的喉核

——八四·三·十四

麥克風，耳邊風

——高爾夫情意結之二

在麥克風的前面
你不是再三表明
永遠要和人民
站在一起的麼？
可是全世界人口
最密的這島上
你卻站得那麼遠
跟我們之間

隔開了多少公頃呢
那一片鮮綠的草原？
就算你猛力揮桿吧
那一隻高貴的白球
也落不到我們身邊
既然你要瞄準的
是球洞而非耳洞
無論你揮舞的姿態
擺得有多麼優雅
傳到我們台下
也無非只是
又一陣耳邊風

——八四・五・三

十八洞以外

——高爾夫情意結之三

把我用過的稿紙全拼起來
怕也蓋不滿
你那片驕翠的球場

但是我筆尖到過的地方
你那只潔白的小球
也無法夢想

儘管滿袋子都是高球證
也未必保證
進得了青史，更莫提天堂

小心了，否則你顯赫的名字
有一天落進
我詩句的小註裡，淪爲僻典

而白球呢滾入了野草深處
就算出動全部的椿腳
也遍尋不著

——八五・二・廿八

廈門的女兒

——謝舒婷

廈門的女兒就住在
童話大小的島上
浪花鑲邊的島嶼
依偎在廈門身旁
也是廈門的嬌女

而靠在她的膝下
還有天真的石磯

像小鷄跟著母鷄
傳到第三代
就成了廈門的孫女

或許怕童話太輕巧
不敵搖撼的晚潮
便用英雄的石像
用悲劇巍巍的重量
把風波沉沉鎮住

她在我前面帶路
踏著韻腳的快步
小徑沿著石壁

一頁頁爲我掀開
故事生動的插圖

圖裡只見到一角
或半角的白樓紅瓦
用琴音瀟灑
隔著樹影和斜巷
跟我們捉迷藏

她帶我曲折進入
島嶼蔥蘢的深處
一級又一級天梯
把我帶到了高處

到了，她住的古屋

高比門神的雙扉
只透進半扇天色
空廓的廳堂上
有一點民初的什麼
在耳語著滄桑

她從爐灶邊出來
圓面的石桌忽然
佈滿了閩南口味
熱騰騰的地瓜粥
是我鄉愁的安慰

但是匆匆的渡輪啊
像傳說的金馬車
原來是南瓜變成
卻在碼頭邊喊我
說，已到了黃昏

隔著清明的暮寒
回頭是廈門的海岸
燈火已通亮
車塵和市聲囂囂
正等我重投羅網

——清明節於鼓浪嶼
八四・四・五

附識：清明之日，徐學帶我夫婦二人，自廈門過海去鼓浪嶼，訪舒婷及其丈夫詩評家陳仲義。舒婷是廈門人，可稱「廈門的女兒」，鼓浪嶼在廈門西南岸邊，小島依傍大島，亦儼然「廈門的女兒」。

浪子回頭

鼓浪嶼鼓浪而去的浪子
清明節終於有岸可回頭
掉頭一去是風吹黑髮
回首再來已雪滿白頭
一百六十浬這海峽，爲何
渡了近半個世紀才到家？
當年過海是三人同渡
今日著陸是一人獨飛

哀哀父母，生我劬勞
一穴雙墓，早已安息在台島
只剩我，一把懷古的黑傘
撐著清明寒雨的霏霏
不能去墳頭上香祭告
說，一道海峽像一刀海峽
四十六年成一割，而波分兩岸
旗飄二色，字有繁簡
書有橫直，各有各的氣節
不變的仍是廿四個節氣
布穀鳥啼，兩岸是一樣的咕咕
木棉花開，兩岸是一樣的艷艷
一切仍依照神農的曆書

無論在海島或大陸，春雨綿綿
在杜牧以後或杜牧以前
一樣都沾濕錢紙與香灰
浪子已老了，唯山河不變
滄海不枯，五老的花崗石不爛
母校的鐘聲悠悠不斷，隔著
一排相思樹淡淡的雨霧
從四〇年代的盡頭傳來
恍惚在喚我，逃學的舊生
騎著當日年少的跑車
去白牆紅瓦的囊螢樓上課
一陣掌聲劈拍，把我在前排

從鐘聲的催眠術裡驚醒
主席的介紹詞剛結束
幾百雙年輕的美目，我的聽眾
也是我隔代的學妹和學弟
都炯炯向我聚焦，只等
遲歸的校友，新到的貴賓
上台講他的學術報告

後記：清明時節回到廈門，參加母校廈門大學七十四週年校慶，並在中、外文系各演講一場（當地謂之「學術報告」）。四十六年前隨雙親乘船離開廈門，從此便告別了大陸。他們雙墓同穴，已葬在碧潭永春祠堂。廈大也在海邊，鼓浪嶼屏於西岸，五老峰聳於北天。囊螢樓，多令人懷古的名字，是我負笈當日外文系的舊館。李師慶雲早已作古，所幸當日的老校長汪德耀教授仍然健在，且在校慶典禮上重逢，忘情互擁。

——八四・四・十五

木星衝

初夏的天空悠悠地轉著
　再仰也難盡
一隻雕花的藍水晶瓶
透明的天壁上，晴雲細紗
轉成一幅會飛的壁畫
小小的港城就偎在瓶底
桅檣和起重機，燈塔和防波堤
都跟著季節一起轉動

轉出一陣又一陣海風
吹起一疊又一疊層浪
直到朝霞轉成了夕錦
空洞的藍水晶結成黑水晶
整個宇宙都暗了下來
只為木星，太陽族體面的血親
難得赫赫過境的遠鄰
在四億哩外亮起了驛燈
氫魂與氦魄終古不滅
不由不信的一個奇蹟
越過所有的屋頂和爭辯
赤裸裸用美指證著神明
風止後的空中，堅定的金芒

整夜就高懸在海峽之上
在我一無所有的晚年
伴著我短眠的長夜
比台北更親近，童年更逼眞

——八四・六・四

抱孫女

降世才七天，七磅的小生命
兩手握拳，彎彎的細腳
從襁褓裡斜伸了出來
一排豆大的腳趾，整齊而細緻
更細緻的趾甲看得我眼花
只好把眼鏡脫下，湊近去端詳
這無辜又無助的睡態
是胎裡的蜷伏所帶來

烏亮的濕髮枕在我臂彎
奶瓶剛剛吭過，正怡然，恬然
偎在我懷裡睡去，稚嫩的眼瞼
合成安詳的一線，無夢之眠
該無焦慮的壓力吧，更無記憶
只偶然半睜開惺忪，黑白分明
瞥我一眼，立刻又闔上
更偶然，會綻開滿臉笑容
全無意識，卻也會牽動
恁小的一個酒窩。儘管如此
從雛幼的臉上已可窺識
她母親小時的秀氣，膚上
胎紅漸褪了，露出白皙

但我早非當年，那少壯的父親
這世紀，也已非當年的光采
倒數聲中，二十一世紀
正橐橐向我們邁來，迎接的
不是抱她的祖父，是這嬰孩
而憑我，一頭風霜的見證
這消逝的世紀並不快樂
風災與地震，惡疾與戰爭
神話要領走美麗的禽獸
傳說要收回清澈的江海
紫外線和酸雨當頭襲來
這世紀，不比上一個世紀快樂
也不敢妄想，下一個會更可愛

這世界，還是不來的爲妙
你會有許多玩具，豪貴而精巧
但人類已經太早熟，並不好玩
童年是愈來愈短，愈不像童年
更不能奢望會像童話
世故催天眞趕緊長大
一切已太遲，無論我怎麼勸阻
都擋不住你了，幾星期前
你已經學會了翻筋斗
在幽昧的羊水裡，你早就
像馬戲的藝人，拳打腳踢
要掙脫臍帶，告別母胎
出來看你嶄新的世界，世紀

卻看見了我，視而未睹
也不會記得，就在第七天
你曾經單獨地陪著祖父
還沒有滿月呢，當窗外
紐約的盛暑正曳著蟬聲
隔著楓樹猶翠的風涼
臂上托著你天眞的七磅
心頭卻壓著更沉的重量，爲了
海峽的驚濤搗打著兩岸
飛彈正嘯著不安的風聲
俯望這新生命在我的老懷
正甜甜地入睡，把一切
都那樣放心地交託了給我

奶香與溺臭，體溫與脈搏
勻稱的呼吸隱隱起落
你那樣相信我，而我
卻這樣不相信你，不信你
會逢凶化吉，自有福分
原諒祖父吧，這憂患的老人
而且用你坦然的臥姿
和滿有把握的小小拳頭
說服我，說，這世界雖有千般的不是
卻把你啊小乖乖，帶給了我
一個奇蹟，一個恩寵
一則神話，證明有神明
一個無憂無慮的女嬰

無畏一切地降臨這亂世
且睡得如此安靜而深沉
成人的噩夢無法驚擾
那睡姿，如此原始又如此童稚
千災百害都近不了身，似乎在說
「未來是我的，你不用擔心」
——於是我手中抱的
不再是猜疑，是希望
滿滿的一懷呢，整整七磅

——八四・九・三

為孫女祈禱

才七日之嬰呢
還不懂什麼叫玩具
快七秩之叟了
早非玩玩具的年齡
我抱你懷裡，滿足之情
竟像回到童年，抱著
一件精緻的新玩具
這樣的隔代遺傳

幸而是隱惡揚善
該令我自豪，不知道
究竟哪一樣更加得意
老來的玩具，少壯的詩集
都靠點天機，非但人力
我玩著你的小手
把可笑的一握稚氣
托在我滿掌的滄桑
願這隻小手，當你張開
不論是順手或是拗手
都能夠用勁地把握未來
我玩著你的小腳
幼細的十趾尚未著地

一生一世的長征
尚未起程，只默默祝福
不論是坦途或是險路
每一步，你都踏得安穩

——八四・九・廿二

食客之歌

如果菜單
夢幻
像詩歌

那麼賬單
清醒
像散文

而小費呢
吝嗇
像稿費

食物中毒
嘔吧
像批評

後記：愁予得獎宴客，對菜單精選美肴。菜單分行橫排，名目繽紛華美，愁予歎曰：「菜單如詩歌！」我應聲答曰：「賬單如散文！」衆客失笑。回家後續成此詩。

——八四・十月

勸一位憤怒的朋友

說到此事
你就氣得半死
甚至在噩夢中
咬牙，切齒

其實此君
是公認的無恥
不論是誰提到

都會不齒

既然如此
就把他忘掉吧
區區這些鳥事
何足掛齒

不如且笑一笑
吃吃，嗤嗤
露出你的天眞
一排牙齒

——八四・十・八

深呼吸

——政治病毒一患者的悲歌

那醫師終於放下了聽診器
帶點困惑的表情說
「你的胸腔太窄了
容不下幢幢的黑幕
你的胃納太小了
消不化竊竊的醜聞
你的耳朵太淺了
裝不了夸夸的謊話

而血壓也太高了
受不了更多的刺激
你的心臟，尤其，太脆弱
經不起一再的暴力
你的橫膈膜太緊了
負擔著太久的鬱積
只怕你體質太敏感
捱不過這兩次選舉
公元前楚國有一個病人
罹患過類似的自虐症
這潔癖，醫不好更患不起
又有個杞國人神經衰弱
擔心女媧天沒有補好

大難自半空怕會飛落
也許你正是隔代遺傳
　我唯一的建議
是退掉報紙，關掉電視
避過早晚一再的打擊
麥克風必須躲開，還有
台上那幾張眞假面具」

於是他戒掉了晚間新聞
放棄了，啥米碗鍋，所謂
知的權利，知了又能夠如何？
還不如知了知了聽蟬叫
每到黃昏，三台發作的時辰

你看他，獨坐在防波堤上
對著海峽的空空，茫茫
水平線總沒有誰在牽線了吧？
潮水洶洶，也不像有誰在鼓動
落日一沉，對著無主的晚景

他開始深呼吸
從鼠蹊到小腹到橫膈膜
從腐敗的肺葉爛蜂窩的肺泡
從長苔的支氣管支氣管到氣管
從生菌的咽喉與鼻竇他呼出
驅妖趕魔他狠命地吐出
日夜積壓的那一腔暮氣
掀頂而出的那一股怒氣

戾氣，脾氣，小氣，鳥氣，廢氣，晦氣
還有流氣，油氣，邪氣與腥氣，種種
壞風氣，惡習氣，令人喪氣又生氣
你看他，獨坐在天地之間
推開獄窗，一排禁錮的肋骨
向無限與永恆徐徐地吸進
爲缺氧的夢深深地吞入
　　淋漓的元氣
　　澎湃的水氣
　　磅礴的大氣
周行不殆沛然而不衰的浩氣
　　先知的膽氣
　　英雄的豪氣

烈士的骨氣
　隱者的傲氣
化一切的暮氣沉沉爲朝氣
把污染的生命洗個徹底
而使氣管無礙
　血液重生
　肺腑開放
　眼神分明
直到那深呼吸，安詳而舒暢
頻率起伏接通天風與海流
一排三尊石像，他坐在中央
而爲何達摩在左呢，許由在右
那他又是誰呢——「我，是誰？」

他正待捫心自問，卻發現
右手怎麼抬不起了啊右手？

一驚而醒
又一輛競選的宣傳車
咆哮而過

——八四・十・十

燦爛在呼喚

——寫在夏菁七十歲生日

想起今日
獨自在海外
你把生日蛋糕
圓滿而且多層
當鄉愁的橫斷面
一刀切開

密密七十圈年輪

從霜皮到木心
無情的鋒刃
向神祕的焦點
一九二五
探你生命的起源

想當初從裡向外
把自我中心的世界
你一層又一層推開
到第三圈上
我的初啼再響亮
也不入你耳裡

要等到三十圈外
島上豐沛的雨水
將我們灌溉
雙樹才交柯接葉
嚶嚶的共鳴
一呼一應

可惜四十圈後
我們就分走
各自離心的方向
卻不時回首
島上少年
同心的時光

而七十圈以後呢
當霜皮凋盡
而木心未朽
則歌與一切
都會回到當初
那神秘的焦點？

回到生命的起點
當一切年輪
都轉成光輪
燦爛在軸心呼喚
魂兮歸來

西方不可以止兮

歸來，歸來

起點正是終站

附記：詩人夏菁生於一九二五年十月十六日，長我三歲，剛過七十歲生日。四十年前，我們同在台北，並馳詩壇者歷十餘年，其後他定居美國落磯山下，良晤遂少。他是森林專家，所以我由圓形蛋糕想到樹心的年輪。

——八四．十．十八

母難日三題

今生今世

今生今世
我最忘情的哭聲有兩次
一次，在我生命的開始
一次，在你生命的告終
第一次，我不會記得，是聽你說的
第二次，你不會曉得，我說也沒用

但兩次哭聲的中間啊
有無窮無盡的笑聲
一遍一遍又一遍
迴盪了整整三十年
你都曉得，我都記得

矛盾世界

快樂的世界啊
當初我們見面
你迎我以微笑
而我答你以大哭
驚天，動地
悲哀的世界啊

最後我們分手
我送你以大哭
而你答我以無言
關天，閉地

矛盾的世界啊
不論初見或永別
我總是對你大哭
哭世界始於你一笑
而幸福終於你閉目

天國地府

每年到母難日

總握著電話筒
很想撥一個電話
給久別的母親
只爲了再聽一次
一次也好
催眠的磁性母音

但是她住的地方
不知是什麼號碼
何況她已經睡了
不能接我的電話
「這裡是長途台
究竟你要

接哪一個國家？」

我該怎麼回答呢
天國，是什麼字頭
地府，有多少區號
那不耐的接線生
卡撻把線路切斷
留給我手裡一截
算是電線呢還是

若斷若連的臍帶
就算眞的接通了
又能夠說些什麼

「這世界從你走後
變得已不能指認
唯一不變的只有
對你永久的感恩」

——八四・十一・五

登高

——重九日自澳洲返台

重九佳節，登高避難
多神秘而又美麗的傳說啊
我也一一虛應了故事
整天在幻藍裡御風飛行
時速七百里，攀高三千丈
把桓景一家人的野餐
拋在東漢的某一座山頂
至於菊花酒呢，早在晉末

就被陶公飲盡了，只好
用空姐斟來的紅酒充當
我騎的飛行袋鼠「曠達士」
辭澳洲，越印尼，踢踏新加坡
與香港，七千里一日便飛還
把南半球奇異的星座
叮叮噹噹，全掛在赤道下方
而貪睡的無尾熊寶寶
全留在猶加利樹的枝上
這樣的縮地術，即使
費長房恐怕也自歎不如
卻擔心夕暮到家，既無鷄犬
也沒有牛羊能代我贖罪

傳說的劫數該如何擔當
母親生我於多難的重九
登高久成了我命中的隱喻
費仙驅鬼，倚仗的是神符
「後失其符，爲衆鬼所害」
而我驅鬼，憑的是詩篇
只要一日詩在，筆未繳還
就無畏百禍千災，包括空難
生辰斷非死日，更何況
詩，還有一千首未寫完

——八四・十一・七

悲來日

——百年多是幾多時

這年去年來悠悠的廝守
元宵到清明，端午到中秋
並非永無止境的特權
神所恩賜的神也能沒收
你的皺紋啊我的白髮
是變相的警告，不落言詮
新婚之樂才恍如昨夜
一世夫妻倏忽已晚年

脈脈相依，多少朝朝暮暮
一燈如渡，把我們從黃昏
從黃昏的溫柔領到黑夜
雙枕並舭，把我們從黑夜
從黑夜的幽深引到清晨
只怕有一天猝然驚寤
雙枕並排只剩下了一枕
不敢想究竟是誰先，只怕
先走固然要獨對邃黑
留後也不免單當孤苦
不敢想，在訣別的荒渡
是遠行或送行更加悲傷
只怕不像洞房的初夜

一個，睡的是空穴
一個，枕的是空床

——八四・十一・廿九

秋後賴賬

壟斷過十里街景
可憐這滿城選旗
曾經招展迎風
吶喊過三色的口號
攻佔不安的安全島
升高廣場的戰爭
卻不敵一串密集的鞭炮
在嗆咳的硝煙紙雨裡

桿折，旗倒，全軍覆沒
不分敵友，更無論編號
只見傷亡枕藉，滿坑滿谷
一夕之間全作了廢票
而不論上面印的是什麼
這一切信誓旦旦，大言炎炎
樣版的豐采，招牌的笑面
管你是正是反，是倒是顛
一視同仁，都被車塵抹黑
除了風，偶然來翻弄
再也沒行人掉頭回顧
　就連當初
鬧熱滾滾

那些拍胸握拳的候選人

——八四・十二・六

夜讀曹操

夜讀曹操，竟起了烈士的幻覺
震盪腔膛的節奏忐忑
依然是暮年這片壯心
依然是滿峽風浪
前仆後繼，輪番搖撼這孤島
依然是長堤的堅決，一臂
把燈塔的無畏，一拳
伸向那一片恫嚇，恫黑

寒流之夜，風聲轉緊
她憐我深更危坐的側影
問我要喝點什麼，要酒呢要茶
我想要茶，這滿肚鬱積
正須要一壺熱茶來消化
又想要酒，這滿懷憂傷
豈能缺一杯烈酒來澆淋
苦茶令人清醒，當此長夜
老酒令人沉酣，對此亂局
但我怎能飲酒又飲茶
又要醉中之樂，又要醒中之機
正沉吟不決，她一笑說
「那就，讓你讀你的詩去吧」

也不顧海闊，樓高
竟留我一人夜讀曹操
獨飲這非茶非酒，亦茶亦酒
獨飲混茫之漢魏
獨飲這至醒之中之至醉

——八五・一・廿三

隔一座中央山脈

——空投陳黎

就像發球一樣
隔了整座中央山脈
你從早餐桌上
發過來一枚朝暾
等我接到時
已變成海峽的落日
灼灼，仍感到餘溫

到夏天你也會
從東岸的前衛
發過來一陣颱風
太平洋怪胎的撒潑
等我接到時
風頭已變成風尾
呼呼，仍感到餘威

有時你會即興
從邃秘的海底
發過來一排地震
菲律賓板塊的推擠

等我接到時
六級已變成二級
轟轟，仍感到餘勢

現在該我發球
隔了一整座中央山脈
看我把餘溫，餘威，餘勢
收攏在如來的掌心
只吹一口氣
就變成一隻回力球
霍霍，彈回花蓮去

東岸的詩人

且看你如何接我這一球

——八五・二・二

附錄

與永恆對壘

——和余光中老師

陳黎

球飄回來的時候我正在北迴線火車上
打開午後的早報，驚見一枚穿過夢與地理
破殼新生的老太陽，它慢慢升起停在閃亮的
窗玻璃上凝視我，激發我，絲毫不因
火車或我心跳的加速，傾斜它的優雅

它居然跟著我到達了台北車站，跟著報紙
摺進我的行囊。如果行囊是詩囊，是否詩句

如記憶，和鐵軌一樣長，節節存進時光以外
奇異的光中自足地熟著的阿波羅的巨蛋？
這一球，順轉彎的鐵軌南下將一路滾向高雄

到達詩人所在的西子灣。甚至，跳上他窗外
纖細如繆司左右手的兩道長堤在指尖的
燈塔激起兩三倍燈塔高的浪花。那樣的詩意
我也曾在東岸的太平洋邊見過，海嘯的謠傳
颱風的前哨，甚至更高更高，捲起千堆雪

在午夜醒覺的夢的海岸

然則夢的地理沒有固定疆界，一如詩的球場

忽遠忽近忽虛忽實，忽然又改變形狀
讓阻絕的山脈變成暗喻的跳板，讓不可能
相遇的兩片波浪打在同一座燈塔。此刻
他應在晚風的窗前笑我，笑我躊躇游移

手忙腳亂，不知該選那一支球拍或詩的節拍
把這強勁的變化球反擊回去，一枚周而復始
生生不息的老太陽。他大概沒想到，這次
我轉換戰略借力使力，用力把球揮向未知的
遠方，和他站在同一戰線，與永恆對壘

附註：一九九六年二月過高雄，訪余光中老師於西子灣中山大學，相談甚歡。說到島嶼東岸、西岸的海，花蓮的地震、颱風，余老師說可以有詩。二月十五日從花蓮往北途中，意外在《聯合報》副刊讀到余老師的〈隔一座中央山脈——空投陳黎〉。

與海為鄰

與海爲鄰
住在無盡藍的隔壁
卻無壁可隔
一無所有
卻擁有一切

最豪爽的鄰居
不論問他什麼

總是答你
無比開闊的一臉
盈盈笑意

脾氣呢當然
不會都那麼好
若是被風頂撞了
也眞會咆哮呢
白沫滔滔

絕壁，燈塔，長堤
一波波被他笞打
所有的船隻

從舴艋到艨艟
都拿來出氣

有誰比他
更坦坦蕩蕩的呢？
有誰又比他隱藏著
更富的珍寶
更深的秘密？

我不敢久看他
怕蠱魅的藍眸
眞的把靈魂勾去
化成一隻海鷗

繞著他飛

多詭詐的水平線啊
永遠找不到線頭
他就躲在那後面
把落日，斷霞，黃昏星
一一都盜走

西班牙沉船的金幣
或是合浦的珍珠
我都不羨慕
只求做他的一個
小小鄰居

只求他深沉的鼾息
能輕輕搖我入夢
只求在岸邊能拾得
他留給我的
一枚貝殼

好擱在枕邊
當作海神的名片
聽隱隱的人魚之歌
或是擱在耳邊
曖昧而悠遠

——八五・二・十四

高雄港上

向那片矗藍巫藍又酷藍，無極無終
伸出你長堤的雙臂
一手舉一座燈塔
向不安的外海接來
各色旗號各式名目的遠船
吞吐累累貨櫃的肚量
吃水邃深，若不勝長程的重載
遠洋的倦客踏波而來

俯仰更顛簸，歷盡了七海
進港的姿態卻如此穩重
船首孤高，傲翹著懸崖
後面矗一排起重機架
樓艙白晃的城堡，戴著煙突
駛過堤口時反襯得燈塔
纖秀而小，像一對燭台
一艘警艇偎在她舷下
若鷄雛依依跟隨著母鷄
就這麼儼然，岸然，她駛進了港來
修碩的舷影峨峨嵯嵯
像整排街屋在水面滑過
而如果有霧，或漁船擋路

一聲氣笛，你聽，她肺腑的音量
便撼動滿埠滿塢的耳鼓
一路掠水而來，直到我陽台
那一列以海景爲背景的盆景
都爲之共震，可以窺見
從海棠的綠深紅淺之間
銀灰色一艘巡洋艦，船首
白漆的三位數番號，炮影森嚴
與進港的貨櫃輪交錯而過
正驅向堤外的浪高風險
更外面，海峽的浩蕩與天相磨
水世界的體魄微微隆起
更遠的舷影，幻白貼著濛濛青

已經看不出任何細節了
隱隱是艨艟的巨船兩三
正以渺小的噸位投入
衛星雲圖的天氣，衆神的脾氣

——八五·二·廿九

禱問三祖

海峽茫茫，一汪水藍的天塹
縱然難渡，也從不攔阻
寒流橫越過衛星雲圖
帶來古梅樹開花的消息
把神農古曆書上的節氣
分一點點給這個孤島
或是高緯遠飛的倦客
來我們的樹上避寒，歇腳

或是鋸齒做花邊的郵票
載來對岸渺渺的鄉情
但是這一閃青天霹靂
最貴的煙火，最不美麗
無端端破空長嘯而來
卻燒斷所有西望的眼神
把鄉愁燒成絕望的鄉痛
不禁仰天要禱問媽祖
海峽的守護神啊慈悲無邊
兩岸同是拜你的信徒
爲何要把溫馨的香火
燒成令你落淚的戰火
不禁要禱問嫘祖，爲何

千絲萬縷綢繆的蠶絲
一把野火要燒盡鄉思
不禁要禱問佛祖，幾時
才把這一簇火箭度成蓮花

——八五・三・十三

苗栗明德水庫

森森青翠的深處，是誰
私藏了這一泓明媚
只讓童話來投影
不許世界偷窺
山之重圍是不會洩密的
懸夢的吊橋也不會
驚疑是怎樣誤闖進來的
正想問一問閒鷺

這反常的靜有什麼天機
只見夕涼的長鏡上
悠悠扇起了一羽素白
拍著空闊的浩淼
斜
斜
渡
去

——八五・三・十六

不朽的旱煙筒

戴一頂寬邊的草帽
坐一條狹長的板凳
握一根旱煙筒，六節竹管製成
光腳丫子自得閒趣
亂鬚疏疏地飄著灰白
卻顯得是累了，老來
鬍子總不免帶一點憂鬱的
但排開海報上的一切美景

假日酒店，長江大橋
和燈火滿城的艷艷夜色
一下子就將我捉住的
是你滄桑而深刻的眼神
總是蠶叢與魚鳧的後人
我從未見過你，卻感到
一見如故，無比熟稔
順著你專注的凝神，我就能
回到自己小時候，有時見你
在茶館裡跟人擺龍門陣
有時在朝天門的碼頭
你頂著峻斜的石級
挑著重擔，向坡勢仰蹬

汗滴在燙腳的石上，有時
向春水田裡你低頭插秧
秧歌跟布穀高低呼應
有時，你抬我坐著滑竿
跟後面的轎夫一接，一傳
「天上有顆星，地上有個坑」
長竿軋軋，只見重壓下
你汗溼的雙肩起起伏伏
蜀道之難由你來擔負
而在趕場的日子，有時
在土沱或是在悅來場
石板的街邊你蹲守著攤位
賣新編的蒲扇或是草鞋

——正如此刻在海報上
有一搭沒一搭，你抽著旱煙
多少年了，又與你見面
我這把秤啊久已失衡
又找到了秤砣，秤出斤兩
一縷鄉魂是多少重量
記憶倒潮成揚子江水
逆三峽而回溯，不知
你不朽的旱煙筒可不可能
在嘉陵江口等待
一去就半個世紀，整整
有誰啊還能夠指認
滿頭霜雪，這下江人

——八五・七・十四

弔濟慈故居

豈能讓名字漂在水上
當眞把警句咳在血中
「把蠟燭拿來啊，」你叫道
「這顏色，是我動脈的血色
一個藥科的學生怎會
不知道呢？我，要死了」
寫詩與吐血原本是一回事
乘一腔鮮紅還不曾咳乾

要搶救中世紀未陷的城堡
古希臘所有岌岌的神話
五呎一吋的病軀，怎經得起
冥王與繆思日夜拔河
所以咳吧，咳吧，咳咳咳
發燒的精靈，喘氣的王子
咳吧，典雅的雅典古瓶
那圓滿自足的清涼世界
終成徒然的嚮往，你注定
做那隻傳說不眠的夜鶯
在一首歌中把喉血咳盡

兩百年後，美，是你唯一的遺產

整棟空宅都靜悄悄的
水松的翠陰濕著雨氣
鬱金香和月季吐著清芬
像你身後流傳的美名
引來東方的老詩人尋弔
——我立在廊下傾聽
等一聲可疑的輕咳
從你樓上的臥室裡傳來
唯梯級寂寂，巷閭深深
屋後你常去獨探的古荒原
陰天下，被一隻滄桑老鴉
聒聒，噪破

——八五・八・廿三

飛越西岸

「我們正飛越台中市」那機長說
「現在的高度是一萬八千英尺
地面溫度二十八度，天氣晴朗」
從小巧的機窗，窺探人間
交錦錯繡的金絲線
正編織西岸燦燦的夜景
串不盡翡翠與瑪瑙，盤盤，困困
向繁華的蕊心輻湊，聚焦

數不清的蛾，蝶，金甲蟲，紛紛
那許多顫動的發光體啊
全落在一張大蜘蛛網裡
閃閃地掙扎，飛，不出去

太高了，下面的賭咒或祈求
能聽得見嗎？這貪婪之島
今晚若有人在仰天禱告
我的高度正是神的高度
正好俯聽下界的不平
但願我眞是一尊神，破空而降
向那張密密的金網
把那隻人人都喊捉

卻無人敢捉的黑蜘蛛
霹靂一探臂就逮住
只恨我並非神明，徒任
那一地惑人的豪奢
炫耀它虛幻的病態美
何況機翼已傾斜，輪架正轆轆
像一隻無助的飛蛾，我同樣
被那張魔網吸——下去

——八五・九・一

時裝模特兒

早春還不見動靜
奇幻的伸展台已經
搭一座接夢橋
將水仙的隊伍
提前引渡

讓全世界苦苦伸頸
卻不肯展波一笑

矜貴的眼神
只對空青睞
不與仰慕者相交

難追曼妙的捷足
驚喜一瞥
誰能把風行叫住呢
早就轉過臉去了
婀娜中帶著堅決

窈窕中帶著帥氣
側影亭亭
何用翩翩起舞呢

矯健的步伐
已經夠世界注目

閒閒迴身，又是一季
轉趾，旋腰，擺臂
美學齊備於一身
端莊不妨蠱惑
把前衛的風格完成

只留下失落的我們
意猶未盡
目送遠颺的背影
被絕情的接夢橋

紛紛，接去

——八五·九·九

雪山二題

——觀王慶華攝影

至尊

天黑地白，終古相對
這便是你的面貌麼，洪荒
中間是什麼也沒有
除了一列剛毅的石顏
皺紋美麗，輪廓雄奇
衆峰至尊的長老

開天闢地的造山運動
該是你童年的記憶

圓柏

天藍得如此深邃而神祕
地白得如此純潔而天真
　天地之間
一列蒼勁的圓柏
風也吹不倒
雪也壓不彎
日也曬不壞
在海拔不能再拔高的高處
猶自挺拔地撐起

如此高傲不屈的空無

——八五・十一・六

成都行

入蜀

也不用穿棧道
也不用溯三峽
七四七只消一展翼
便掃開千里的灰霾如掃開
半世紀深長的回憶
把我僕僕的倦足

輕輕放下，交給了成都
我入了蜀

辣喉的是紅油
痲舌的是花椒
大麴酒只消一落肚
便掃開歲暮的陰寒如掃開
半世紀貪饞的無助
把我轆轆的飢腸
熊熊燒燙，交給了火鍋
蜀入了我

出蜀

七四七忽然發一聲長嘯
猛撼諸天驚駭的雲層
便赫赫轟轟縱上了青霄
　壯烈的告別式
就用如此斷然的手勢
把我拔出這盆地，這天府
把無鳥噪晨無貓叫夜的古都
把無犬吠日也無日可吠的蓉城
把滿城的茶館，火鍋店，標語，招牌，標語
把滿街的自行車，三輪車，貨車，麵的
把法國梧桐，銀杏樹，金黃的秋葉

把草堂，武侯祠，三蘇祠，二王廟
仰不盡的對聯，跨不完的門檻
一炷香自在地上升，流芳了千年
怕什麼風吹呢什麼運動？
把樂山的大佛，都江堰的雪水
把峨眉到玉壘，古今的浮雲
把巴金的童年，李白的背影
把一萬萬巧舌的巴腔蜀調
大擺其龍門陣，不用入聲
滔滔不斷如四川南注長江東流
把三分國，八陣圖，蠶叢的後代
把久別的表親，七日短聚
把送行的蜀人，揮手依依

就這麼絕情地一搖機翼
全都抖落，唉，在茫茫的下方
但一縷鄉思卻苦苦不放
一路頑固地追上了天來
且伴我越大江，凌雲貴，渡海峽
先我抵達了西子灣頭
只待我此岸獨自再登樓
冒著世紀末漸濃的暮色
隔海，隔世，眷眷地回首

——八五・十一・卅

別金銓

滿廳黃菊
一排黑衣
俠女全到齊了
陣容悲肅錚錚有劍氣
能嚇退東廠的鷹犬
卻難擋師父啊
這要命的陰曹
歇下吧

六十六歲的筋骨
莫要再抵抗金屬疲勞
該怎樣把你接去呢
除了用一場烈火
一場眞金的火鍊
熊熊，將你焚燒

只剩下一輪古月
像龍門客棧的燈籠
高掛在明代的風裡
朗朗照著衆俠客
爲救護忠良的遺孤
一夜辛苦

奔走在江湖

——八六・二・二

問風

究竟，晚風啊，從何處你吹來
怎麼似幻似眞
帶一點薰衣草的清芬
令人貪饞地嗅了又嗅
懷疑是誰，是你嗎，在上風某處
把新沐的長髮梳了又梳
否則怎麼會似有似無
恍惚覺得有一縷兩縷

有意無意拂過我頸際
令人惘惘地聞了又聞
問風啊究竟從何處你吹來
怎麼帶點奇異的香氣
像是風信子在上風初開
紫色的風信子或者薰衣草
也就難怪窗外的陽台
暮靄怎麼也帶點淡紫

——八六・三・十三

達賴喇嘛

他從世界的屋頂一路走下來
踏著冰風雕成的峻梯
紅袈裟飄舉，自空而降
他把滿天的素峰素嶺
一簇永不凋落的雪蓮
統統留在回顧的上面
從布達拉宮，遠道，他帶來
失傳已很久，一掬微笑

藏文滔滔有幾人能懂
密宗奧妙更難以參悟
但他的笑容深入淺出
無須譯成台語或漢文
看雙掌合十，心心相印
有千千萬萬的頭顱低俯
不向飛彈，向他的法壇

仁者無敵
誠者無蔽

他淺淺的微笑不用拈花
自然透澈成一輪明鏡
照見我們的迷惑與貪心
他拍拍腦袋，扶扶袈裟

對雨季打了一個噴嚏
謙遜地彎下腰來為我們
在高爾夫球場霸占的島上
向草地立錐，種一株菩提
只為每一片青翠都有心
每一片菩提心都能成佛
不必觀世音菩薩灌頂
我沒有哈達可獻，也未入密門
只能在春分的第六個黃昏
在一株菩提陰下默禱
願他能帶著微笑與族人
重踏來時的天梯千仞
回到他夢裡的冰國雪鄉

——八六・三・廿六

飛行的向日葵

——致海爾・鮑普彗星

達賴把雨季帶來了又帶去
一連三日，刮起呼嘯的勁風
掃淨濁霧，闢開空闊的青穹
赫然你來了，天外的遠客
比西藏更夐遠，密宗更神奇
你來了，西北的星空頓然轟動
所有的鏡頭都忙著調焦
所有單筒與雙筒，都在驚叫

說，你來了，失踪的浪子
久配的流犯，一去四千二百年
一朵向日葵戀母成病
轉身尋你光燦的故鄉
回頭的彗頭青髮飛揚
被撫於太陽風炎炎的火掌
橫空一億里曳著孺慕
上次你來時，我渺茫的先祖
放下青銅爵愕然仰望
刺眼的異象令人不解
日蝕，月蝕已經夠反常
何況你無端地闖進闖出
亂了曆書濛鴻的節氣

八卦，五行都安頓不了
你當眞映過舜目重瞳
掠過夏禹和諾亞的洪波
見證過夸父和共工的故事
一去無消息悠悠四千載
漫長的前文該如何提要呢
神話與宗教，上次你來時
多半還沒有誕生，何況是歷史
屈原與荷馬，孔子與耶穌
蘇格拉底與釋迦牟尼
夜長夢多，全是你走後的事
我惶駭的祖先把天災，人禍
全怪在你頭上，不，在你彗尾

改朝，換姓，兵燹，凶年
都怪你出現得不對
爲什麼這次你歸來，偏偏
要挑上日全蝕不祥的時辰
來投奔戴黑面紗的母親
把家變演上全世界的頭條
其實你原是雪球，一團邋遢
因太陽照顧而揚名星際
把微塵噴成唯美的飄髮
木星貶你做冰囚，拋你
去荒寒的邊境，幸有太陽
迢迢地將你召回母鄉
你我原都是宇宙的過客

在眞空的戈壁偶然過夜，就著
太陽的風火爐烘手取暖
你逆風刷髮，我探火煉詩
我以七十歲爲一夜，你以四千年
今夕才一見就要告別
我只能說晚安了，你還可說再見
而這風火爐，當初，開天闢地
是誰造的呢　還能燒多久
該誰來負責？而我又是誰呢，終究
不休的太空客啊，而你，又是誰？
向無壁回音的星墟啊我仰問
獵戶與天狼，北斗燦燦與河漢耿耿

——八六・四・四

水鄉宛然

——觀吳冠中畫展

曾經，有一條小運河名叫清暢
船去船來，流過後院的粉牆
把木門咿呀推出去
便是江南粼粼的水鄉
一疊石階斜落到水面
把我的赤腳引進波光
那驚喜的沁涼，青苔聽說
從上游到下游，所有的槳

所有的橋，所有的魚蝦都共享
後來它就沒入了記憶
被戰爭擄走，不再回頭
等到臨老再回到蘇州
問所有的新橋，都說沒見過
所有的孩子，都說不知道
低頭問水，那遲滯的腥濁
怎麼也照不出我的面目
我轉身踏上歸途或是不歸途
幾乎要放棄了，卻被吳翁
在背後一拍肩把我叫住
「且跟我來，」他神祕地笑說
便帶頭領我，一路順著

他妙手佈下的線索和墨痕
回到後院那小運河堤邊
順著青苔石板，一級級
就這麼恍然步下河去
　直到水涼觸肌
一條魚認出了我，潑刺跳起

——八六・七・廿五

只為了一首歌

——長春赴瀋陽途中

關外的長風吹動海外的白髮
蕭蕭，如吹動千里的白楊
我回到小時的一首歌裡
「萬里長城萬里長
長城外面是故鄉……」
慷慨的后土，十二億人的糧倉
兩面的玉米田延伸到敻遠
高速路的分髮線激射向天邊

爲何我竟然逆風南下呢？
我應該順著歌謠的方向
盧溝橋、秦皇島、山海關
鐵軌壓榨著枕木的沉痛
從南邊，從抗戰的起點來到瀋陽
只爲了一首歌搥打著童年
搥在童年最深的痛處
召魂一般把我召回來
來夢遊歌裡的遼河、松花江
讓關外的長風吹海外的白髮
蕭蕭，如吹動路邊的白楊

——八六・八・廿八

重九送梅新

傳說登高那一天
也不帶家人
也不告朋友
你竟然獨自遠行
難道異域
當眞是另有風景？

我趕去車站送行

月台早已空空
站長不解說
你行色太匆匆
頭也不回
還掉了一隻提袋

我接過袋來
發現裡面也空空
像人散後的月台
只有幾頁詩稿
還未寫完，夢
才做了一半

問遍菊花
菊花默默
問遍茱萸
茱萸無語
究竟，是誰把你接去？
是費翁還是陶潛？

提著空袋
望著遠方
不知道明年重九
我的生日，你的忌辰
究竟該哀悼
還是慶幸——

這苦難的世上
放走一位詩人
而渺茫的山上
召回一位神仙

——八六・十・卅

無論

無論左轉或右彎
無論東奔或西走
無論倦步多蹣跚
或是前途多漫漫
總有一天要回頭
回到熟悉的家門口
無論海洋有多闊
無論故鄉有多遠

縱然把世界繞一圈
總有一天要回到
路的起點與終點
縱然是破鞋也停靠
在那扇，童年的門前

——八六・十一・十九

殘荷

——題楊征攝影

半盤的雨珠，滾過
滿蓋的月色，托過
纖纖的蜻蜓，棲過
閣閣的蛙族，藏過
田田搖翠的渾圓
曾經在風裡翻掀
掀起仲夏的封面
一頁一頁的闊邊

交疊的綠陰爲何
竟已掀到了封底
只剩下這一池空寂
縱枯莖舉臂，殘葉握掌
怎能挽回六月的盛況
——水鏡開奩
　　倒影照艷
粲然，那許多紅妝

——八六・十一・廿二

祭三峽

大江東下，滾滾後浪推前流
永不休工的水斧
向擋路的巫山
把深邃的迴廊劈出
連峰排空是怎樣的氣勢
不讓日月向峽裡偷窺
卻向峭壁的體格鑿出
神仙的緋聞，英雄的遺恨

灘聲，縴聲與猿嘯聲裡
教驚疑的江客隔霧指認
探不盡夢之迷宮永不閉館
悠長的迴聲谷餘音不斷
都說是江流而石陣不轉
誰料神話也限期搬家
縱使磊磊與天地同壽
十二峰也像是十二指腸
要開膛剖肚，大動手術
爲新造的雲夢巨澤接生
巫山不再是雲了，高唐更非夢
面紗一揭不再有謎底
從巴關到荊門，迢遞的行旅

鎖峽的拉鍊一拉開
先主的悲憤，孤臣的惶恐
宋玉的綺念，杜甫的歸心
李白的輕舟載著早霞
都將陸沉在浩淼之下
逐波而去追屈原的亂髮
楚歌，唐韻，都無家可歸
淪爲無處移民的難民
而三峽啊唯美的三峽
依依的三峽啊漢魂所附
只能蟠蜿在古籍的尾註
　一條恐龍
終將滅種

被無情的大江滔滔淘空

——八六・十一・廿三

水仙

半缽清淺就可託潔癖
滿室幽香已暗傳風神
從石蒜肥碩的胎裡
拔起亭亭的青翠，撐起
如傘的花序，如雪的
純白，也是六瓣，戴起
金色的副冠多帥氣
甘冒嚴寒，忍受刻骨的彫刑

趕在元宵，所有情人的前面
踏波而來，來赴我燈下
今年的約會，疑幻疑眞
水仙的節慶，美的凱旋
不須燃亮世俗的燭光
你高擎的那一簇燦爛
　正是愛神
自驚艷中，誕生

——八七・一・卅一

高樓對海

高樓對海，長窗向西
黃昏之來多彩而神祕
落日去時，把海峽交給晚霞
晚霞去時，把海峽交給燈塔
我的桌燈也同時亮起
於是禮成，夜，便算開始了
燈塔是海上的一盞桌燈
桌燈，是桌上的一座燈塔

照著白髮的心事在燈下
起伏如滿滿一海峽風浪
一波接一波來撼晚年
一生蒼茫還留下什麼呢？
除了窗口這一盞孤燈
與我共守這一截長夜
寫詩，寫信，無論做什麼
都與他，最親的夥伴
第一位讀者，就近斟酌
遲寐的心情，紛亂的世變
比一切知己，甚至家人
更能默默地爲我分憂
有一天，白髮也不在燈下

一生蒼茫還留下什麼呢？
除了把落日留給海峽
除了把燈塔留給風浪
除了把回不了頭的世紀
留給下不了筆的歷史
還留下什麼呢，一生蒼茫？
至於這一盞孤燈，寂寞的見證
親愛的讀者啊，就留給你們

——八七・二・二

聽高德彈貝多芬
——Glenn Gould: The Emperor Concerto

你灰藍的眼瞳越過一切
與貝多芬的怒眉冥冥相接
善感的灰藍，奇幻的灰藍
洞見我們所無力窺探
音樂廳的盛況，一排排耳朵
對你不過是空廳，只有
柔目與怒眉在一問，一答
用琴鍵你問，用鼓號他答

密密的耳叢在暗處竊聽
聽你靈異的手指啊
娜長而善舞，夭矯若巫
　重擂，輕叩
　旁敲，側擊
向長長一整排八十八鍵
黑起白落，召來德意志
剛亢的意志來君臨空廳
入神，出神，忘我的眼神
入彀，出竅，中魔的知音
突然間幸好眾樂齊作
把失魂落魄，斷然，都喝醒

——八七・二・四

七十自喻

再長的江河終必要入海
河口那片三角洲
還要奔波多久才抵達？
只知道早就出了峽
回望一道道橫斷山脈
關之不斷，阻之不絕
到此平緩已經是下游
多少支流一路來投奔

沙泥與歲月都已沉澱
寧靜的深夜，你聽
河口隱隱傳來海嘯
而河源雪水初融
正滴成清細的涓涓
再長的江河終必要入海
河水不回頭，而河長在

——八七・二・四

老來多夢

老來多夢，不知道有什麼象徵
不知要怪床或是怪枕
怪枕頭太短而夜太長
怪枕頭太軟而頭顱太硬
怪床頭沒有把北極對準
令磁場不正，而床沿的方向
也沒有配合洶湧的海峽
怪牆頭的名畫令人不安

睡前更不該讀尼采，叔本華
令床伴不勝其煩，嗤我
不過是庸人自擾吧，與什麼
磁場啦哲學啦有何關
說罷一翻身，背對著我
繼續做她的至人無夢
我調整了枕頭，移了床位
把牆頭的達利換了達芬奇
睡前改看平庸的社論，或者
金石堂銀石堂叮噹的新書
卻依然多夢，亂囈吞吐
有時更砉砉磨牙，把床伴
無辜的黑甜之鄉咬成

鋸齒齟齬的不規則形狀
眞是愧對嬌妻了，卻又不能
濫用同床異夢的成語，只因
她一夜沉酣根本就無夢
情況始終無起色，也沒有
聽她的勸勉去心理治療
若是少年的綺夢啊遺跡斑斑
或是聖人的惡夢，關係
帝國的興亡，也許還值得
去躺在昂貴的催眠榻上
或求助占星術，轉動水晶球
或翻遍佛洛伊德的名著
我夢的無非是一些小雜魘

何曾有什麼英雄氣盛
或兒女情長，上則不配
入悲劇或史詩，下又不足
探討離奇的神經病史
凡我所愛的面孔或景觀
母親的慈顏，童年的玩伴
嘉陵江邊古陋的小城
江南運河多橋的水鄉
始終都不肯為我入夢來
醒時的苦念夢中不補償
卻牛鬼而蛇神，雞零而狗碎
出沒無常來祟人夢鄉
追記，卻從來說不清楚

只覺得幻境咄咄逼人
一翻身便忘了，再翻身
魚肚已經翻出了黎明，正如
走私的珠寶無論多琳琅
都難過嚴關的邊境

——八七・二・八

蒼茫時刻

溫柔的黃昏啊唯美的黃昏
當所有的眼睛都向西凝神
看落日在海葬之前
用滿天壯麗的霞光
像男高音爲歌劇收場
向我們這世界說再見
即使防波堤伸得再長
也挽留不了滿海的餘光

更無法叫住孤獨的貨船
莫在這蒼茫的時刻出港

——八七・二・十五

一張椅子

一張椅子究竟
坐幾分之一
才算是謙虛？

絕不能超過
四分之一
最初，你說

但後來你變大了
而椅子呢
開始嫌小

四分之三
四分之七
你漸漸失去重心

而一張椅子
似乎已嫌少
甚至兩張

你愈變愈笨重

四隻椅腳
已開始呻吟

危險的吱吱
下面的螞蟻
全聽見了

我還來不及
大叫當心
椅子已解體

你跌在曾經
是椅子的地方

對滿地碎片說
「你們要檢討！」

——八七・二・廿

共燈

從一本古書上抬起倦眼
驚見那許多小青蟲
熱鬧而又興奮，隔著
初夏乍暖的窗子，貼著
玻璃的背面蠕蠕攀爬
原來窗口這一盞小燈
寂寞如它夜讀的主人
竟有這些稚氣的生命

蠢蠢然擠來與我共享
我全然不知，小飛客們啊
昆蟲學叫你們什麼名字
不知從何處你們飛來
明晚此時又飛去何處
卻無妨隔著這一片透明
珍重一夕共燈的緣份
但主人的這一點心意
小飛客們不知道是否
眞能夠領情，一時只見
青嫩的微軀向我祖腹
沿著長窗垂直的峭壁
辛苦地落下又再爬起

六足纖纖不勝其繁忙
我著魔的眼睛凝望久久
無意間越過這一隊飛客
投向後面神秘的星空
驚見那一簇啊又一簇
美得多惑人的光族，不知
天文學叫他們什麼名字
不知那輝煌從何年開始
更不知終究要亮到幾時
或許隔光年也無非像是
隔著一扇奇幻的天窗
衆星灼灼也瞥見了我，一隻
無端的小青蟲，不知

叫什麼名字，爲何在此
更不知再一瞥，已過千年
小青蟲也罷，燈主也罷
又統統都去了，哦，何處

——八七・二・廿四

風聲

你問我什麼音樂最耐聽
當然是寂靜，我說，無邊的寂靜
至上的耳福是聽域透明
當聒噪都已澱定
其次是風聲，遠從世界的盡頭
無端地吹來，尤其在日落時分
今整個海峽都爲之振奮
那呼嘯的高調再三強調

一個單調的快調，所向披靡
龐然沛然的大氣撲來，磅礴無比
那是造化在吐納，神在運息
鼓勵我肺葉飄飄，若風箏要躍起
令人興發，猜想那一股元氣
捲地而來，要掃盡沉沉的暮氣
必然隱帶著天機，似乎要訴說
一個故事，比人類更蒼老
當傳說與宗教尚未開端
天地初分，陰陽蠢蠢
大野一任這颯颯單調
用強調的高調日夜呼嘯
催一個陣痛的星球誕生

那原始的喉音，唇音，齒音
究竟預警怎樣的命運
世紀將盡而先知不來
後知嘈嘈而天啓不開
凡耳如我又豈能妄斷？
但海浪翻白顯然已聽懂
不然何以都激昂而奮飛
卻飛騰不去，只能輪番地鞭打
幾乎淹沒的燈塔與長堤
連我面海的高窗軋軋
也都不放過，若非
我及時推椅，關窗
這薄薄的詩稿早隨飆飄去

——八七・二・廿六

月色有異

燈塔向天，長堤向海
究竟在尋找什麼呢？
灣名西子而西子何在？
從未兌現的預言啊
等了一千年仍是空待
直到今晚，月色有異
月色有意，拭出一輪圓滿
脈脈的清光就是當年

照你梳妝的那一面嗎？
此夕高懸成美的焦點
就爲了照你浣紗歸來
施施將迷離的樹影拂開
像拂開古來一層層典故
無邊的月色都由你作主
只等你輕輕的蓮步，一路
是眞的嗎，向我迎來

——八七・四・十

銀咒

當月色冰冰在我的屋頂
正誦著令人分心
令人蠢蠢不安的銀咒
明知芬多精的精靈
今晚一齊出動了
在屋後的半山坡上
那翳天的欖仁樹陰裡
正鼓動神奇的夜氛

這可憐的短枕，不靈的渡船
怎能渡我到夢的深灣？
月色無垠，你的屋頂
爛銀的流光也正在
唸著那一卷纏綣經嗎？
而你是入夢了呢，充耳不聞
還是早已被擄
一道無奈的銀咒，月色無邊
正將你團團圍住？

——八七．四．十九

我的繆思

歲月愈老，爲何繆思愈年輕？
當衆人正準備慶祝
可驚啊我七十歲的生辰
蠟燭之多令蛋糕不勝其負荷
爲何我劇跳的詩心
自覺才三十加五呢？
偏選在重九，秋神的節日
登高吟嘯，新作達九首之多

豪興像是放自己的煙火
這就是爲何啊我的繆思
我的繆思，美艷而娉婷
非但不棄我而去，反而
揚著一枝月桂的翠青
綻著歡笑，正迎我而來
且讚我不肯讓歲月捉住
仍能追上她輕盈的舞步
才二十七歲呢，我的繆思

——八七・四・廿七

仙枕

當世界太喧囂而我太疲勞
何處能找到一只仙枕呢？
一只可以安眠的仙枕
按摩可憐的耳神經
且把焦灼的眼球啊
引入一個深沉的夢境
但試了無數次才了解
如此的仙枕世間所無

除非讓這沉重的腦袋
偎在你含笑縱容的膝蓋
窩我的煩惱在你胸懷
用纖纖的手指梳我的亂髮
更輕輕撫攏我的眼睫
哼一曲特效的催眠歌
母性的鼻音令人恍惚
一個分神竟然被睡魔
推進了烏何有黑甜之鄉
而如果你憐我轉側不安
怕我睡得還不夠熟穩
可以再俯下身來，美目
在魅黑的髮叢裡明滅若星

向我的倦睫蓋下一吻
把我反鎖在無夢的至境
無夢的恬然，無憂，無懼
要夢做什麼呢，你的暖懷
不正是一切美夢的歸宿？
若最後你要我醒來
最神奇的方式，該是
向我的焦脣輕沾一吻

——八七·四·廿九

春雨綿綿

春雨綿綿
從你的厝邊到我的門邊
春雨瀝瀝
從你的弄底到我的巷底
春雨淋淋
從你的屋頂到我的車頂
春雨湃湃
從你的窗台到我的露台

春雨潺潺
從你的花傘到我的黑傘
下吧，溫柔的春雨
下一季纏綿的雨季
編織千層的水晶簾
窺你簾後綽約的明艷
只等你，雨季一停
就以虹神的不耐
把雨簾霧幕一層層掀開
在新霽赫赫的晴光裡
搖響嫣笑的串鈴
一路叮叮，迎我而來

——八七・五・廿

給星光一點機會

給星光一點機會
合上你明媚的眼神
月蝕，五分鐘也夠了
至少應該有三分
給星光一點機會
低懸在你的耳垂
或是明滅地出沒
在你飛揚的髮波

給燈塔一點機會
把貨船領回海港
給天河一點機會
好密密麻麻地分布
銀碎的滿穹燭光
給詩人一點機會吧
讓他情怯的嘴唇
乘著月蝕的掩護
在深沉的捲潮聲中
尋覓你，巫孃的豐脣

——八七・五・卅一

雕花水晶

每當寂寞無聊
就用一柄裁信的薄刀
輕叩案頭那一只
雕花水晶的杯子
魔術一般
竟然就召來
你清純的笑聲
「那是什麼聲音啊？」

長途電話的那頭
你驚奇地問道
「是你的笑聲，」我說
於是你眞的笑了
像一柄裁信刀
輕輕在敲
雕花如雲的水晶杯口

——八七・七・九

絕色

美麗而善變的巫孃，那月亮
翻譯是她的特長
卻把世界譯走了樣
把太陽的鎔金譯成了流銀
把烈火譯成了冰
而且帶點薄荷的風味
凡嚐過的人都說
譯文是全不可靠

但比起原文來呢
卻更加神祕，更加美

雪是另一位唯美的譯者
存心把世界譯錯
或者譯對，詩人說
只因原文本來就多誤
所以每當雪姑
乘著六瓣的降落傘
在風裡飛旋地降臨
這世界一夜之間
比革命更徹底
竟變得如此白淨

若逢新雪初霽，滿月當空
下面平鋪著皓影
上面流轉著亮銀
而你帶笑地向我步來
月色與雪色之間
你是第三種絕色
不知月色加反光的雪色
該如何將你的本色
——已經夠出色的了
合譯成更絕的艷色？

——八七・七・卅

因你一笑

我的歌正要接近尾聲
卻因你投來的眼神
是那樣帶笑的明麗
而突然拔高了八度音
由低沉拔向慷慨
由原來蓋頂的陰霾
突然著魔，像晚霞艷開
我的男高音拔向最高潮

你的亮笑飛過來參加
寂寞的獨白變成對話
歌聲和笑韻，一問一答
這世界本來準備要關閉
是爲你一笑而決定再開

——八七・九・十八

聖彼得堡

——俄國行之一

堡呢依然是彼得堡
城卻不再是列寧城
革命家也被革了命
只留下三尊，兩尊銅像
還斜斜地鎮壓著
再也鎮不住的廣場
由得導遊去指點
也吸引不了觀光客

懶得回望的目光
杜斯陀也夫斯基
掛銅牌的故居斜對面
清冷的菜市場裡
幾個老媼守著攤位
皺臉的滄桑對著
賣不出去的空瓶
另一個垂頭蹲著
腳邊的一隻小鐵罐
只討到幾枚盧布
我手中的一枚遲遲
不知該不該擲下
只怕拍撻地一聲響

非但救不了她，反而
令高貴的普希金啊
氣得在墓裡翻身

俄羅斯木偶

——俄國行之二

厚篤篤，胖嘟嘟
俄羅斯的舊民俗
用亮麗的油彩來描畫
畫出一個老公公
圓鼓鼓的胖肚肚
　旋啊旋
旋出一個老媽媽
圓鼓鼓的胖肚肚

旋啊旋
旋出一個小娃娃
圓鼓鼓的胖肚肚
旋啊旋
旋出一隻小貓咪
圓鼓鼓的胖肚肚
旋啊旋
旋出一隻小老鼠
圓鼓鼓的胖肚肚
旋啊旋
旋出一塊小起士
以爲這下旋到了底
不料裡面還有聲音

圓鼓鼓的小肚肚
旋啊旋，咦
飛出一隻小蒼蠅

金色噴泉

——詠香檳

夜夜催眠，被馬恩的河水
日日吻醒，被法國的艷陽
直到秋神來將你摘下
黑汁如夜色，白漿如曙光
混血而成黃昏的秘密
三百年前是貝希農神父
用一句魔咒的喃喃
將你囚入地窖的黑暗

顛來倒去，左旋右轉
悠長而不安的渾沌裡
你在夢中不斷地翻身
終於魔咒應驗，細口長頸
再也忍不住滿腔芬芳
勃地一響，驚呼聲裡
一道金色的噴泉躍回世間
以此饗賓，誰不陶然？
以此澆渴，誰不醺然？
飛騰的泡沫升起幻夢
舉著盛夢的高腳杯，誰，不飄然？

——八七・十一・九

後記

《高樓對海》是繆思為我誕生的第十八胎孩子，也是高雄為我接生的第四本詩集。

取名《高樓對海》，是紀念這些作品都是在對海的樓窗下寫的，波光在望，潮聲在耳，所以靈思不絕。來高雄將近十五年，我一直定居西子灣中山大學的教授宿舍，住在甲棟四樓，無論靠著陽台的欄杆，或是就著書房的窗口，都可以越過鳳凰樹梢，俯眺船來船去的高雄內港，更越過長堤一般的旗津，遠望外面浩闊的海峽。家居如此，上班就更加親近水的世界了。山迴路轉，我的辦公室在文學院四樓，西子灣港口的堤防和燈塔，甚至堤外無際的汪洋，都日日在望。高雄氣候晴爽，西望海峽，水天交界的那一線虛無，妙手接走的落日，一年至少有兩百多個。那正是大陸的方向，對準我的童年，也是香港的方向，對準我的中年；餘下來的歲月，大半在這島上度過，就像壽山、柴山一樣，在背後撐持著我。十五年來如此倚山面海，在晚年從容回顧晚景，命運似乎有意安排這壯麗的場景，讓我在西子灣「就位」。

無論如何，這寂對海天的場景，提供了我詩境的背景，讓我在融情入景的時候有現成的壯闊與神奇可供驅遣，得以事半功倍。當然海峽就橫陳在那裡，人人得而詠之，就像江峽就隱藏在那裡，人人得而探之。只是在杜甫之前，江峽一直無主，杜甫之後，就收入他的句中，為他所有了。為詩人所有之後，也就為天下的讀者所有了。

西子灣的海天久已成為我高雄時期詩作的背景，從最早的〈望海〉、〈夢與地理〉、〈讓春天從高雄出發〉到最近的〈夜讀曹操〉、

〈高雄港上〉、〈風聲〉，莫不如此。如果十五年來我未做海的鄰居，則不論詩情如何澎湃，也寫不出這樣的句子：

更外面，海峽的浩蕩與天相磨
水世界的體魄微微隆起
更遠的舷影，幻白貼著濛濛青
已經看不出任何細節了
隱隱是艨艟的巨舶兩三
正以渺小的噸位投入
衛星雲圖的天氣，眾神的脾氣
——〈高雄港上〉

也不可能有如下的「互喻」虛實相生：

晚霞去時，把海峽交給燈塔
我的桌燈也同時亮起
於是禮成，夜，便算開始了
燈塔是海上的一盞桌燈
桌燈，是桌上的一座燈塔

——〈高樓對海〉

有幸得寵於海神，我在西子灣的詩作不必刻意造境，只須自然寫景，因為只要情融於景，就成了境。我讀中國的古典詩，常震撼於其「氣象」。例如孟浩然的「氣蒸雲夢澤，波撼岳陽城」，其中的地理喚起的空間感，自有一種渾茫的氣象。又如李白的「峨眉山月半輪秋，影入平羌江水流。夜發清溪向三峽，思君不見下渝洲」，四句詩中竟有五個地名，卻不嫌其繁多，反而感到詩意至少有一半是賴地理結構來完成。

在現代詩人之中，我自覺是甚具地理感的一位。在我的美學經驗裡，強烈而明晰的地理關係十分重要，這特色不但見於我的詩，也見於我的散文。時間與空間，原為現實的兩大座標，在中國古典詩中都極為強調。在這一方面，我的詩是相當古典也相當寫實的。

古典詩當然不能說成是純然寫實，如果純然寫實，也就不成其為藝術。古典詩人只是用現實做跳板，跳到一個虛實相生若即若離的意境。畫家高敢就說，藝術家創作，是面對自然做了一個夢。十五年來，我有幸日夕與壯麗的西子灣相對，常以地理入詩。地理一旦入詩，就不再是地理的實境，而是藝術的「意境」了。李賀所說：「筆補造化天無功」，真是大膽而武斷的美學。

《高樓對海》裡的五十九首詩，至少有十六首是取材或取景於台灣，其中八首即以西子灣為場景，比例不低。若把定居高雄後的前三本詩集，《夢與地理》、《安石榴》、《五行無阻》也包括在內，則西子灣的山精海靈給我的天啓，至少引出了二十四、五首詩，份量不輸我沙田時代吐露港上的收成。從一九七四年八月到一九九九年八月，詩人何幸，竟能四時山居，高樓長窗，坐對海藍。沒有這長達四分之一世紀的「海緣」，我詩中的世界必定無此「氣象」。

去年我自中山大學退休，雖仍接受校方改聘，擔任「光華講座教授」，並兼授二課，終於還是搬出了西子灣的校園，遷來高雄的市區。新居雖然高在八樓，書房也比舊居開敞，但是當窗卻換了街景，無論有多繁華、有多氣派，畢竟不是煙波浩蕩了。幸而中山大學還讓我保留了文學院四樓的辦公室，遠望依然海天無阻，因而我的「海緣」尚未斷絕。

《高樓對海》裡的作品都是一九九五年到一九九八年之間所寫，真真是告別上個世紀的紀念了，也藉以紀念我寫詩已達五十週年。五十年前，我的第一首詩〈沙浮投海〉寫於南京，那窗口對著的卻是紫金山。好久好遠啊，少年的詩心。只要我一日不放下這枝筆，那顆心就依然跳著。

——二〇〇〇年三月二十二日於左岸

特載：

海闊，風緊，樓高

——讀余光中《高樓對海》

唐捐

年輕時「以鋼筆與毛筆決鬥」的詩人，如今在單挑高爾夫球桿。新集一開卷便是三帖戰書：第一戰對手好像佔了上風，山殘水破，白球硬是鯁住咽喉；第二戰算是平手，言者諄諄，聽者藐藐，麥克風雖然化作耳邊風，耳朵卻也奈何不了嘴巴；第三戰桂冠就要壓倒王冠，詩像伏魔之缽，把世俗權威化作一枚小註，千鈞變成四兩，被鋼筆輕輕挑走。從憤怒鬱卒到昂然自信，三戰下來，好像長江才過了三峽，莽莽滔滔，水勢正旺。詩人當然老了，但中國詩人向來有一種「愈老愈剝落」的傳統，所謂「老更成」、「老以勁」、「媚出於老」等，都是以「老」為風格描述語，用表「寓奇崛於尋常」、「發纖濃於簡淡」的境界。老杜到夔州，大蘇過嶺南，夕陽在山，另一場好戲才正要登場。

新集裡頗有幾首詩是直接處理老境的，像〈悲來日〉這樣對時間「示弱」的作品，從前並不多見。但這首詩與其說是歎老，不如說是敘寫夫婦百年修得之緣，至情所感，難免也就萌生悲懷了。詩人其實是「能入能出」的，〈老來多夢〉就有一層自我解嘲的曠達。再如〈七十自喻〉以「江河必入海」的感慨發端，幾經轉折演繹，乃結以「水去河長在」的體悟，心眼手筆俱見開朗。〈我的繆思〉則又展現了「不肯讓歲月捉住」的決心，詩人說：「歲月愈老，為何繆思愈年輕？」是了，這正是我們所熟悉的「不肯認輸的靈魂」。繆思正年輕，證據何在？「登高吟嘯，新作達九首」是一證，以文統對抗政統的魄力是一證，馳驟數十行而略無衰憊之氣，這又是一證。

比興是詩，賦筆鋪敘也是詩，前者易為，後者則非精於思索安排、操控文氣者莫辦，這便是詩之古風、詞之長調所以困難的地方。但詩人向來悠為於此，巧筆善轉，妙詣獨造，當然也就居之安而資之深了。像〈抱孫女〉這樣的長篇，由含飴之樂轉到世紀交替的沈思，再由世界的混亂轉回生命的希望，可說是迴環相扣，搖曳生姿。詩人漸老，寫親情的作品明顯有增多之勢，其實人倫日用正是大道的根本，在中國心台灣情逐漸沈澱下來以後，讀到這樣的詩，更使人倍感親切輕鬆。親情是詩，應答酬酢也是詩。年輕時以筆為劍的機會多些，老了則珍惜筆墨情緣。但這未必有礙於藝，章實齋就曾以孟子和韓愈為例，指出：「苟果有見於意之所謂誠然，則觸處可發揮，應酬人事，亦以吾道施之。」優秀的詩人自能將應酬轉為觸媒，隨機點化，展現更多更大的可能。其實，詩人的筆向來不甚委蛇，另一長篇〈深呼吸〉便是充滿強度的力作，這首詩跟三篇〈高爾夫情意結〉同屬刺世疾邪之類，在鬱卒的情緒下，語言也就愈趨橫恣了，全詩把心理現象轉化為生理症狀，以身體為舞台，逐層演示世界的亂象。尤其是後半段的一呼一吸，似乎有意追蹤齊物論的筆路，意念所到，百氣齊發，堪稱極盡操控讀者呼吸之能事。怒罵是詩，嬉笑也是詩。〈勸一位憤怒的朋友〉便是以諧謔，甚至怪誕的筆調來冷卻朋友的火氣。而〈食客之歌〉根本就得自筵席妙談，近乎古人所謂「口占」，特重靈思一閃的機鋒。表現方式是簡單極了，卻不乏回味的空間。

實際上，這本新集裡「妙談」頗多，例如〈與海為鄰〉的首段與〈一張椅子〉全篇。妙談、雄辯、美文、博喻，這些都可以是詩，但是不是詩的精粹所在，也許還有思考的空間。而詩人最好的作品像《敲打樂》、《在冷戰的年代》、《白玉苦瓜》，恰好比較沒有這些成份。熟悉《與永恒拔河》以下文體的讀者，對於新集裡這樣的句法，應當不會感到陌生：「布穀鳥啼，兩岸是一樣的咕咕／木棉花開，兩岸是一樣的豔豔」，「夜夜催眠，被馬恩的河水／日日吻醒，被法國的豔陽」，「燈塔向天，長堤向海」，這些有時令我想起寫過「并刀如水，吳鹽勝雪」的周邦彥，詞律之精，思力之強，非老於斯藝者莫辦，惟其勝處卻不在於自然噴薄的感發。雅言是詩，街頭巷語也是詩。這本新集裡就有這樣的句子：「放棄了，啥米碗鍋，所謂／知的權利，知了又能夠如何？／還不如知了知了聽蟬叫」。「知了」的一語雙關，還算是妙談，但前面安置一個「啥米碗鍋」，整個語氣都活絡起來，氣急敗壞的情態歷歷如在目前。其他如「他媽的」、「鳥事」這類鄙語的適度活用，也有調劑雅言的功能。

詩人年輕時曾說：「傑作，我，死亡，三人作長途的賽跑，／無聲地，在沒有迴音的沙漠，／但是緊張地，因廿一世紀的觀眾等待在遠方。」這種跑馬拉松的決心與耐力，貫串半世紀而不懈，十八本詩集就是金相玉式的獎杯。總其成績，「廿一世紀的觀眾」必然不能忽視。我們細讀新集，固然震服於長夜孤燈之際，〈高樓對海〉的渾茫境界；更敬佩他〈飛越西岸〉時，直欲破空而降，伏魔捉妖的猛志。前者是氣象，後者也是氣象。采筆在握，氣象萬千，山谷之稱東坡也，曰：「公如大國楚，吞五湖三江。」

——原載二〇〇〇年七月十七日《中央日報・副刊》

F739 我的藝術家朋友們（散文）	謝里法著	240 元
F740 孤獨的眼睛（散文）	龔鵬程著	250 元
F741 苦惱與自由的平均律（新詩）	陳　黎著	200 元
F742 玉米（小說）	畢飛宇著	250 元
F743 看地圖神遊澳洲（散文）	夏祖麗著	210 元
F744 逃逸速度（散文）	黃國彬著	200 元
F745 公主老花眼（散文）	廖玉蕙著	220 元
F746 愛上圖書館（散文）	王　岫著	250 元
F747 靠近　羅摩衍那（新詩）	陳大爲著	200 元
F748 一頭栽進哈佛（散文）	張　鳳著	240 元
F749 一首詩的誘惑（詩賞析）	白　靈著	230 元
F750 第二十一頁（散文）	李家同著	220 元
F751 九十四年散文選（散文）	鍾怡雯編	320 元
F752 九十四年小說選（小說）	蔡素芬編	260 元
F753 聲納——台灣現代主義詩學流變（評論）	陳義芝著	260 元
F754 喇叭手（小說）	劉非烈著	230 元
F755 偷窺——東華創作所文集Ⅰ（散文）	郭強生編	230 元
F756 風流——東華創作所文集Ⅱ（文集）	郭強生編	260 元
F757 談笑文章——夏元瑜幽默精選㈢（散文）	夏元瑜著	220 元
F758 有一道河從中間流過（散文）	陳少聰著	250 元
F759 漢寶德亞洲建築散步（散文）	漢寶德著 黃健敏編	300 元
F760 善男子（新詩）	陳克華著	240 元
F761 就是捨不得（散文）	郭強生著	220 元
F762 爲了下一次的重逢（散文）	陳義芝著	250 元
F763 你逐漸向我靠近（散文）	李瑞騰、李時雍著	210 元
F764 紫蓮之歌（散文）	周芬伶著	240 元
F765 迷・戀圖書館（散文）	王　岫著	250 元
F766 放一座山在心中（散文）	蕭　蕭著	220 元
F767 我看美國精神（散文）	孫康宜著	250 元
F768 七個漂流的故事（小說）	洪米貞著	250 元
F769 文學的複音變奏（評論）	李有成著	240 元

F⑺09 貓咪情人・PUB（極短篇）	羅　英著	200元
F710 海哭的聲音（散文）	詹　澈著	220元
F711 小蘭嶼和小藍鯨（詩）	詹　澈著	180元
F712 咖啡館裡的流浪民族（散文）	楚　戈著	250元
F713 火鳥再生記（散文）	楚　戈著	230元
F714 老蓋仙的花花世界——夏元瑜幽默精選(一)（散文）	夏元瑜著	220元
F715 容器（小說）	木子美著	220元
F716 上海之死（小說）	虹　影著	280元
F717 台灣棒球小說大展（小說）	徐錦成編	220元
F718 九十三年散文選（散文）	陳芳明編	320元
F719 九十三年小說選（小說）	陳雨航編	250元
F720 娑婆詩人周夢蝶（詩評）	曾進豐編	350元
F721 麗人公寓（小說）	唐　穎著	250元
F722 那些微小又巨大的人（小說）	劉震雲著	240元
F723 權力與美麗——超越浪漫說女性（評論）	林芳玫著	250元
F724 桂冠與蛇杖——北醫詩人選（新詩）	陳克華、湯銘哲編	(平)220元 (精)300元
F725 煮字爲藥（散文）	徐國能著	200元
F726 面對尤利西斯（評論）	莊信正著	260元
F727 咖啡和香水（小說）	彭順台著	220元
F728 砲彈擊落一個夢（小說）	歐陽柏燕著	220元
F729 以蟑螂爲師——夏元瑜幽默精選(二)（散文）	夏元瑜著	220元
F730 告別火星（散文）	柯嘉智著	200元
F731 請帶我走（小說）	張抗抗著	220元
F732 與星共舞（詩）	謝　青著	190元
F733 狂歡的女神（散文）	劉劍梅著	250元
F734 從兩個蛋開始（小說）	楊爭光著	300元
F735 與海豚交談的男孩（散文）	呂政達著	200元
F736 浮生再記（散文）	沈君山著	350元
F737 不負如來不負卿（散文）	周夢蝶著	240元
F738 密室逐光（小說）	李偉涵著	280元

九歌最新叢書

余光中作品集 03

高樓對海

A High Window Overlooking the Sea

著者	余光中
責任編輯	胡琬瑜
發行人	蔡文甫
出版	九歌出版社有限公司 台北市105八德路3段12巷57弄40號 電話／02-25776564・傳真／02-25789205 郵政劃撥／0112295-1
九歌文學網	www.chiuko.com.tw
印刷	晨捷印製股份有限公司
法律顧問	龍躍天律師・蕭雄淋律師・董安丹律師
初版	2000（民國89）年7月10日
重排初版	2007（民國96）年5月10日
重排初版2印	2013（民國102）年9月
定價	**220元**

書號 0110203

ISBN 978-957-444-396-3

（缺頁、破損或裝訂錯誤，請寄回本公司更換）

國家圖書館出版品預行編目資料

高樓對海／余光中著.-- 重排初版.
--臺北市：九歌，〔民96〕
面；公分 --（余光中作品集；03）

ISBN 978-957-444-396-3（平裝）

851.486 96003637